Qu’est-ce qu’on fait, Félix?

Je ne sais pas, Samuel.

Je pense qu'on a tout fait.
On a joué à tous les sports qui existent,

fait plus de dessins en une seule journée
que Van Gogh durant toute sa vie,

préparé assez de biscuits
pour nourrir un petit pays,

joué à tous les jeux de société possibles et imaginables,

lu toutes les bandes dessinées qu...

Bon, bon. Et si on arrêtait de parler pendant dix secondes?

D'accord. Dix secondes à ne rien faire.

Je l’ai!

Mission : ne rien faire!

Tony Fucile

Texte français d'Isabelle Allard

Éditions
SCHOLASTIC

Comment on fait pour ne rien faire? Facile. On s'assoit sur une chaise sans bouger. Pas un muscle. Pas un petit doigt. Aucun mouvement. RIEN.
Hum, hum.

On n’a qu’à faire semblant d’être deux statues. Tu sais, comme les statues de pierre dans le parc!

Félix, qu'est-ce que tu fais?

JE CHASSE LES PIGEONS!

Chasser les pigeons, ce n'est PAS ne rien faire. On essaie encore, d'accord? Heu... on va imaginer qu'on est au milieu d'une ancienne forêt. On serait deux séquoias géants. Tu peux faire ça?

Je peux faire ça.

Félix?
TON CHIEN M'A PRIS POUR UNE TOILETTE!

Tu veux dire le chien là-bas?
Celui qui dort sur mon lit?

Connais-tu l'Empire State Building, à New York? Eh bien, c'est toi.
Tu es haut. Et énorme. Tu es là depuis des années et des années.
Aucun pigeon ou petit chien ne peut t'ébranler, ô toi le majestueux.
Peux-tu faire ÇA, monsieur?

Comment ça va, là-haut?

FANTASTIQUE!

AU SECOURS!

Bon, bon. J'ai un nouveau plan. Tu vas devenir le Roi des Faiseurs de Rien. Couche-toi par terre, s'il te plaît.

OUI. Maintenant, ne bouge pas. Et retiens ton souffle. Le cube sur ton ventre n'arrête pas de monter et de descendre!

Tu ne peux pas cligner des yeux.
Ce ne serait PAS ne rien faire.
Mais mes yeux brûlent.
Ferme-les alors.
Mais ce n'est pas ne rien faire non plus!

Alors, ne les ferme...
Sam?
Samuel?

ÇA Y EST!
On a compris!
Les gens se trompent depuis des
centaines de milliers d'années!
Il est IMPOSSIBLE de ne rien faire!
Toi, moi, tes yeux...
On est incapable de ne rien faire!

Hmmmmmm...
C’est une grande découverte.
TRÈS GRANDE.
Tu sais ce qu’on doit faire, maintenant?
Oui.

FAISONS QUELQUE CHOSE!

Pour Sal et Frankie, Stacey, Eli et Elinor

Le texte de ce livre a été composé en caractères Myriad Tilt. Les illustrations ont été réalisées à l'encre, aux crayons de couleur et à l'acrylique sur papier pour aquarelle.

Catalogage avant publication de Bibliothèque et Archives Canada

Fucile, Tony

Mission : ne rien faire! / Tony Fucile ; texte français d'Isabelle Allard.

Traduction de : Let's do nothing!

Pour les 4-7 ans.

ISBN 978-0-545-98225-2

I. Allard, Isabelle II. Titre.

PZ23.F830n 2009 j813'.6 C2009-903673-8

Édition publiée par les Éditions Scholastic, 604, rue King Ouest, Toronto (Ontario) M5V 1E1, avec la permission de Candlewick Press.

5 4 3 2 1 Imprimé en Chine 10 11 12 13 14